알폰스 친구   의 책입니다.

옮긴이 김경연

서울대학교에서 독문학을 전공하고 동대학원에서 '독일 아동 및 청소년 아동
문학 연구'라는 논문으로 문학박사학위를 받았습니다. 독일 프랑크푸르트대학
에서 독일 판타지 아동 청소년 문학을 주제로 박사 후 연구를 했습니다. 옮긴 책
으로 《폭풍이 지나가고》《교실 뒤의 소년》《미움을 파는 고슴도치》《다르면
서 같은 우리》《행복한 청소부》《책 먹는 여우》 등이 있습니다.

저기 도둑 알폰스가 간다!

초판 1쇄 발행 2024년 11월 15일

글·그림 구닐라 베리스트룀 옮김 김경연
펴낸이 김명희 편집 이은희 디자인 씨오디

펴낸곳 다봄 등록 2011년 6월 15일 제2021-000136호
주소 서울시 마포구 토정로 222 한국출판콘텐츠센터 305호
전화 02-446-0120 팩스 0303-0948-0120
전자우편 dabombook@hanmail.net 인스타그램 instagram.com/dabom_books

ISBN 979-11-94148-23-4 74850
      979-11-92148-31-1 (세트)

Där går Tjuv-Alfons!
Text and illustrations © Gunilla Bergström
First published by Rabén & Sjögren, Sweden, in 1991
Published by agreement with Rabén & Sjögren Agency.

Alfons Åberg Homepage : www.alfieatkins.com

저기 도둑
알폰스가 간다

구닐라 베리스트룀 글·그림 | 김경연 옮김

다봄.

우리 친구 알폰스 오베리야.
햇살이 밝게 빛나는 평범한 날이었어.
모든 게 좋았지만, 밀라는 엄청 화가 나 있었지.
"네 잘못이야! 여기 봐!"
순간, 날은 여전히 화창한데 모든 게 달라졌어.
"왜 그래? 왜 그렇게 화를 내?" 알폰스는 웃었어.
(어떤 무서운 일이 닥칠지 전혀 모르고서 말이야.)
"열쇠가 없어졌어, 봐 봐!" 밀라가 소리를 질렀어.
"무슨 열쇠?"

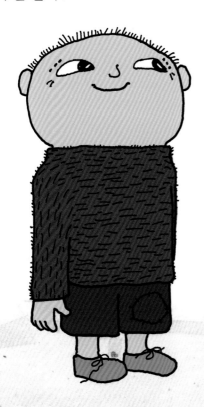

"나무집 열쇠, 이 바보야! 우리가 항상 상자에 넣어 두는 거!
없어졌다고! 어디 있어? 가져와!"
알폰스는 밀라가 무슨 말을 하는지 이해할 수 없었어.
"내가 안 가져갔는데?"

그래도 밀라는 화를 냈어.

"아냐! 네가 가져갔어! 어제 네가 나무집에 마지막까지 있었잖아.

너 다음엔 아무도 없었어. 그러니까 당연히 너한테 있겠지. 빨리 내놔!"

알폰스는 웃으면서 듣다가 부드러운 목소리로 말했어.

"그렇게 화내지 마. 열쇠 나한테 없어.

내가 열쇠 가져가서 뭘 하겠어?"

밀라는 들으려고 하지 않았어. 알폰스가 얼렁뚱땅 넘긴다고 생각했어.

"열쇠 안 가져오면 너랑 안 놀아.

이 바보야, 너는…… 도둑이야! 친구 물건을 훔치는 도둑! 흥!"

밀라는 슬펐어. 알폰스가 이렇게까지 할 줄은 정말 몰랐거든.

밀라는 가 버렸어.

알폰스도 슬퍼졌어.

밀라는 왜 내 말을 믿지 못할까?

알폰스는 나무집을 생각해 보았어.

주차장 뒤 풀밭 나무 위에 모든 아이들이 함께 오두막을 지었지.

사다리와 방석, 레모네이드도 가져왔어. 비스킷과

사탕, 다른 맛있는 과자가 담긴 상자도 가져왔어.

나무집에는 밧줄도 있고 공구도 있고,

심지어는 밀라가 만든 깃발도 있어.

그리고 가장 멋진 것은……

…… 쇠사슬 자물쇠와 열쇠가 있는 거야.

그래서 아무나 나무집에 들어올 수 없어.

열쇠는 크고 반짝반짝 빛나.

어쩌면 은일지도 몰라.

열쇠는 작은 상자에 넣어서
집에 갈 때 잘 숨겨 두었어. 어제도 다들
오두막에서 놀았는데, 빅토르와 알폰스와 밀라만 남았지. 그러다
밀라가 먼저 집에 가고, 다음엔 빅토르가 갔어…… 아, 알폰스는
빅토르가 열쇠를 만지작거린 게 생각났어. 그런데 빅토르가 열쇠를
상자에 다시 넣었는지, 상자 뚜껑을 닫았는지는 생각나지 않았어.

아무튼 알폰스가 어제 오후

나무집에 마지막까지 있었던 건 사실이야.

알폰스는 혼자 나무집에서 내려와 집으로 돌아갔지.

그런데 열쇠는 사라졌고

밀라는 알폰스가 가져갔다고 생각해.

알폰스가 도둑이래!

하지만 생각해 봐.

알폰스가 왜 혼자 열쇠를 가지려고 하겠어?

열쇠가 없어진 걸 모두가 곧 알게 되었어.

아이들은 소곤거렸어. "쉿! 알폰스가 온다……."

"우리 나무집 열쇠 훔쳐 간 도둑!"

"우리 은 열쇠인데!"

"뭐 저런 애가 있어……"

"아니야, 난 아냐." 알폰스가 말했지만,

아무도 들으려고 하지 않았어.

"쟤 말 믿지 마!
말이랑 행동이랑 달라.
은 열쇠를 혼자 가지려는 거야."
아이들은 알폰스에게 등을 돌렸어.
"우리, 도둑이랑은 놀지 말자."

아이들은 알폰스를 진짜 도둑으로 여겼어.
진짜 심각한 일이었지.

알폰스는 열쇠를 찾아야 했어.
나무집으로 달려가 샅샅이 뒤졌어.
나무 위, 나무집 상자들, 나무 아래 땅바닥까지 구석구석 찾아봤어.
하지만 아무리 찾아도 열쇠는 보이지 않았어.

저녁을 먹고 다시 나무집으로 갔어.
어쩌면 아까 제대로 찾지 못한 걸지도 모르니까.
하지만 아니었어. 이번에도 열쇠는 없었어.

그날 밤 알폰스는 온 세상 사람들에게 손가락질 받는 꿈을 꿨어.

"쟤, 도둑이래. 쟤, 나쁜 놈이래."

아이들이 노래를 부르면서 놀려.

"얼레리꼴레리 누구누구는 이 집 저 집 기웃거리며

이것저것 훔쳐 먹는대요."

아니야, 아니야. 그건 나한테 부를 노래가 아니야!

알폰스는 소리를 지르고 싶어.

알폰스는 작아지고 작아져서, 거의 사라져 버렸어.

알폰스는 이제 알폰스가 아니야.

도둑질이나 하는 교활하고 나쁜 놈이야!

하루하루가 현실이 아닌 꿈 같았어.

알폰스는 세상에서 자신이 없어진 것 같아.

알폰스가 도둑이 아니라는 걸 아무도 모른다면⋯⋯

알폰스는 이제 알폰스가 아닌 게 되잖아?

무서웠어. 이제 아무도, 정말 아무도,

알폰스를 아는 사람이 없다니!

빅토르도 몰라. 밀라도 몰라. 아무도 몰라.

열쇠를 찾을 수만 있다면 얼마나 좋을까!

그러면 곧장 아이들에게 갖다줄 거야.

그럼 다들 알게 되겠지!

알폰스가 은 열쇠를 숨긴 도둑이 아니라는 걸!

열쇠를 찾을 수만 있다면⋯⋯

알폰스는 다시 나무집으로 갔어.
손전등을 들고 구석구석 샅샅이 찾아봤어.

상자 하나하나, 통 하나하나 다 확인했어.

나무 아래 땅바닥도 확인했어.

땅은 바다만큼이나 넓은데……

여기서 어떻게 열쇠를 찾을 수 있을까?

그때 나무 꼭대기에서 누가 외치는 소리가 들렸어.

맞아. 밀라의 목소리였어.

"야, 알폰스! 여기 좀 봐!"

밀라가 외쳤어.

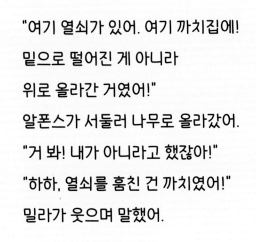

"여기 열쇠가 있어. 여기 까치집에!
밑으로 떨어진 게 아니라
위로 올라간 거였어!"
알폰스가 서둘러 나무로 올라갔어.
"거 봐! 내가 아니라고 했잖아!"
"하하, 열쇠를 훔친 건 까치였어!"
밀라가 웃으며 말했어.

밀라는 당장 아이들에게 달려갔어.

"열쇠가 돌아왔어! 내가 나무에서 찾았어. 까치집에서.

열쇠를 훔친 건 까치였어. 알폰스가 아니었어."

아이들은 기뻐했어. 열쇠를 찾아서 다행이라고 했어.
하지만 혹시 모르지. 모두가 기뻐하지 않았을지도.

아이들은 곰곰 생각했어.

열쇠를 정말 누가 가져갔을까?

밀라의 말처럼 까치가 도둑일까?

"밀라는 알폰스를 좋아하니까

그냥 그렇게 말한 거야."

몇몇 아이들이 소곤거렸어.

사실은 알폰스가 훔치지 않았을까?

하지만 상관없어.

다들 믿고 싶은 대로 믿으라지 뭐.

알폰스는 잘 지내. 언제나처럼.

왜냐하면 알폰스가 늘 알폰스였다는 걸 한 사람은 아니까.

한 사람이라도 안다면 알폰스는 변함없이 알폰스인 거야.

…… 아니, 어쩌면 둘? 혹시 까치도 알지 않을까?

현실은 충분히 마법 같습니다!

공주라든가 모험이라든가 외계인은 나오지 않습니다. 현란한 그림도 없고, 특별히 달콤한 거짓말 같은 것도 없습니다. 나는 보통 사람들의 일상생활을 그대로 옮긴 사실적인 이야기를 하고 싶습니다. 마치 자신의 이야기를 보는 것처럼 말이지요.

짓궂은 장난이라든가 친구를 향한 그리움, 유령에 대한 두려움, 싸움이나 크리스마스 같은, 아이라면 누구나 알고 있는 것들을 이야기하고 싶습니다.

하지만 비현실적이거나 예상을 벗어난 일도 있어야 합니다. 일상 속에는 경외심, 공포, 갑작스레 터지는 웃음, 끝없는 질문이 있기 때문입니다. 삶은 믿을 수 없을 정도로 신비롭고 엄청난 가능성으로 가득 차 있는데도 우리 어른들은 생활비를 벌고, 음식을 차리고, 맡은 바 책임을 다하기 위해 고군분투하느라 이러한 것들을 대부분 잊어버렸습니다. 삶 속에는 우리가 생각조차 하지 못한 것들이 얼마나 많은가요! 전쟁하는 동안에도 컴퓨터 기술은 발전하고 새 생명은 태어나며 계절은 수천 년 동안 같은 리듬으로 계속 바뀌고 있습니다.

정말 이해할 수 없지요!

현실은 충분히 마법 같습니다. 하루하루가 새롭습니다. 아이들은 이 사실을 가장 잘 알고 있습니다. 우리 어른들은 잊고 있는데 말이지요. 그래서 아이들과 어른들이 함께 현실의 마법을 발견하고 함께 웃고 놀라워할 수 있는 이야기들을 하고 싶습니다. 현실의 마법으로 가득 채워진 아이들은 삶을 잘 준비하게 될 것입니다. 이 아이들이 언젠가 힘을 갖게 되거나 부모가 되었을 때, 좀 더 현명한 결정을 내리고 더 나은 싸움을 하고, 더 따뜻한 분위기를 만들어 낼 수 있을 것입니다.

구닐라 베리스트룀

스웨덴에서 가장 유명한 '알폰스'와 친구가 되어 보세요

한국에서 출간되는 알폰스 오베리 책에 추천사를 쓰게 되어 영광입니다. 구닐라 베리스트룀 작가가 탄생시킨 알폰스 오베리는 스웨덴을 대표하는 어린이 책 주인공으로 오랫동안 사랑받고 있습니다. 2022년은 알폰스 이야기가 세상에 나온 지 50주년이 되는 해랍니다.

알폰스 이야기는 스웨덴 교외에 사는 소년이 일상생활에서 겪는 소소한 모험을 그리고 있습니다. 알폰스는 슈퍼히어로로도 아니고 여느 동화 속 주인공처럼 특별하지 않습니다. 호기심이 많고 대체로 행복한 편이지만, 슬픔이나 두려움을 경험하기도 합니다. 우리와 크게 다르지 않은 것이지요. 아마도 이 때문에 그토록 오랫동안 많은 이들에게 좋은 친구가 되었는지도 모릅니다.

알폰스 이야기가 한국어로 출간된다는 소식을 처음 들었을 때, 저는 대사로서는 물론이고 두 아이의 아버지로서도 기뻤습니다. 제 아이들과 함께 알폰스 책들을 읽으며 많은 저녁 시간을 보냈기 때문입니다. 알폰스 이야기는 주인공 '알폰스 오베리'에 초점이 맞춰져 있지만 알폰스와 아버지의 관계 또한 이야기 전개에 중요한 역할을 합니다. 알폰스의 아버지 오베리 씨는 곧잘 아들과 재미있는 난장판을 만들곤 합니다. 그러면서도 전통적인 훈육 방식과 조화를 이루려고 애를 씁니다.

또한, 한부모 가정의 아버지 오베리 씨는 스웨덴 가정에 다양한 가족의 형태와 아버지의 상을 제시하는 역할도 했습니다. 동화를 통해 아이들에게 삶의 다양성을 보여 주고 세대 간 여러 감정을 다루는 방식에 대해 소통하는 것은 매우 의미가 있습니다.

스웨덴에서 알폰스 이야기는 지금도 여러 세대에 걸쳐 꾸준히 사랑받고 있습니다. 이제 한국에서도 알폰스 이야기를 읽을 수 있다니 매우 흥분됩니다. 알폰스가 모두에게 좋은 친구가 되길 바랍니다.

전 주한스웨덴대사 다니엘 볼벤

사진: Jörn H Moen

글·그림 구닐라 베리스트룀(1942-2021)

어린이 책에 글을 쓰고 그림을 그렸으며 시를 쓰고 아동극과 애니메이션 영화 작업도 했습니다. 구닐라 베리스트룀의 독특한 콜라주 기법은 50년 전 아동문학 세계에서 획기적인 것이었고 오늘날에도 그림 작가들에게 계속해서 영감을 주고 있습니다.

알폰스 시리즈는 아동문학의 고전입니다. 1972년 첫 번째 책이 출간된 이후, 25여 개의 이야기가 이어 출간되었습니다. 모두 일상에서 발견한 유머와 판타지를 소재로 아이들의 심리를 진지하게 다룬 드라마 같습니다.

알폰스 시리즈는 약 40개 언어로 번역 출간되었으며 스웨덴에서만 지금까지 약 500만 권의 책이 인쇄되었습니다.

수상 내역:
1979 엘사 베스코브상
1981 아스트리드 린드그렌상
1988 올해의 어린이 앨범 그래미상(조지 리델 공동 수상)
1993 스톡홀름시 명예상
1998 올해의 어린이 책
2006 스웨덴 한림원 슐스트룀 아동청소년 문학상
2011 에밀상
2012 아스트리드 린드그렌의 세계 장학금
2012 스웨덴 정부 금메달
2015 그레이트 오디오북상
2018 왕립 프로 파트리아 재단 금메달
2019 문학과 예술 왕실 공로 훈장
2020 글라다 후디크 극장 서포터 클럽상, 보세 외스틀린 추모 명예 포옹
2021 예테보리영화제 프리스마 명예상

나랑 똑 닮아 자꾸자꾸 보고 싶은
우리 친구 알폰스

구닐라 베리스트룀은 '말괄량이 삐삐'의 아스트리드 린드그렌, '핀두스'의 스벤 누르드크비스트와 함께 세계적으로 가장 사랑받는 스웨덴 작가입니다. 나와 똑 닮은 알폰스 오베리를 통해 일상에서 놓치기 쉬운 마법 같은 사건과 순간을 만나 보세요.

잠을 잘 수 없는 이유가 너무 많은 알폰스

아이들은 왜 쉽게 잠들지 못할까? 아직 자고 싶지 않은 알폰스도 아빠를 끊임없이 부르면서 갖가지 핑계를 대는데, 아빠는 어떤 반응을 보일까요?

초등학교 입학을 앞두고 알폰스가 달라졌어요

입학식 전날 밤, 알폰스가 불안해하고 긴장하고 있다는 것을 눈치챈 아빠는 아들의 마음을 어떻게 다독일까요?

등교 준비하는 알폰스와 아빠의 아침 풍경

아빠는 아침을 차려 놓고 재촉하는데, 알폰스는 "잠깐만요, 이것 좀 하고요."하면서 계속 딴짓을 해요. 무사히 학교에 갈 수 있을까요?

알폰스에게 진짜 친구가 생겼다!

몰간은 알폰스 눈에만 보이는 비밀 친구. 슬프고 외로울 때 찾아오는 최고의 친구 몰간이 어느 날 사라졌어요. 몰간은 왜 알폰스를 떠났을까요?

알폰스만 빼고 노는 형들의 코를 납작하게!

사촌 형들은 매번 알폰스가 어리다고 놀이에 끼워 주지 않아요. 그래서 결심! "넌 어려서 아무것도 몰라."라고 말하지 못하게 알폰스가 계획을 세우는데……

알폰스가 싸움을 피하는 최고의 방법

알폰스는 싸움을 싫어해요. 남들이 겁쟁이라고, 힘이 약해서 못 싸우는 거라고 해도 알폰스는 절대 싸우지 않죠. 그런데 어느 날 알폰스에게 누가 싸움을 거는데……

꼬마를 때린 죄책감에 잠 못 이루는 알폰스

축구를 하다가 볼보이 꼬마를 때린 알폰스는 제대로 잠잘 수 없어요. 괴물이 침대 밑에 들어왔기 때문. 이 괴물의 정체는 뭘까요?

아무도 자신을 몰라줘서 무서운 알폰스

나무집 열쇠가 사라지자 밀라는 알폰스가 가져갔다고 생각하고, 알폰스는 하루아침에 도둑이 되어 버렸어요. 알폰스는 무얼 할 수 있을까요?